KB120578

눈과 도끼

시작시인선 0322 눈과 도끼

1판 1쇄 펴낸날 2020년 2월 28일
지은이 정병근
펴낸이 이재무
책임편집 박은정
편집디자인 민성돈, 장덕진
펴낸곳 (주)천년의시작
등록번호 제301-2012-033호
등록일자 2006년 1월 10일
주소 (03132) 서울시 종로구 삼일대로32길 36 운현신화타워 502호
전화 02-723-8668
팩스 02-723-8630
홈페이지 www.poempoem.com
이메일 poemsijak@hanmail.net

ⓒ정병근, 2020, printed in Seoul, Korea

ISBN 978-89-6021-476-7 04810
      978-89-6021-069-1 04810(세트)

값 10,000원

*이 책 내용의 전부 또는 일부를 재사용하려면 반드시 저작권자와 (주)천년의시작 양측의 동의를 받아야 합니다.
*잘못된 책은 바꾸어드립니다.
*지은이와 협의 하에 인지는 생략합니다.
*이 책의 국립중앙도서관 출판시도서목록(CIP)은 서지정보유통지원시스템 홈페이지(http://seoji.nl.go.kr)와 국가자료공동목록시스템(http://www.nl.go.kr/kolisnet)에서 이용하실 수 있습니다.(CIP 제어번호: CIP2020006128)

*이 도서는 아르코문학창작기금 지원사업에 선정되어 발간되었습니다.

눈과 도끼

정병근

천년의
시 작

한 빛나는 다발 속에
내가 찾아진다면 좋겠습니다

별 뜻은 없습니다

차 례

시인의 말

제1부 돌

돌

눈을 떠보니 낯선 방 안이다

서둘러 옷을 입는데,

호주머니에서 웬 돌 하나가 잡힌다

그 돌에 대해

오래 잠깐 생각한다

쓱

고양이는 나타난다

지금 여기

내 눈의 균열을 타고

없는 길로 나타났다

금세 사라진다

향하여

내 몸과 말이 어디론가 향하는 것은
그곳에 네가 있기 때문이다

향함은 꽃과 같이 아름답지만
그곳에 가는 일은 위태롭고
너에게 닿으면 죄가 된다

향하지 않았다면
가지 않았을 것이다
말은 그저 혀에 머물렀을 것
고스란히 죄를 받는 것은
너를 향한 때문인 것

너에게 갔고 말을 보냈다
내 몸과 말은 편향의 앞을 가졌다

소리와 빛의 다발 속에서
두 손을 입에 모아 누군가를 부르는 모양으로
한 오라기 시간의 벌거숭이를 따라
나타나고 사라지면서 가고 갈 뿐

너를 향한 나를 거둘 수 없다
내가 죽은 후라 해도
또 다른 내가 너를 향할 것이다

측백나무 그 별

비 온 다음 날 측백나무 갈피에
한 무더기 별이 내려앉았다
삼천대천을 날아
겨우 불행의 연대에 도착한 것들

여기는 기억의 피가 도는 땅
이별의 체온이 상속되는 곳
쉽게 입이 삐뚤어지고 뼈가 뒤틀리는 건
허기를 후비는 바람 때문
눈은 한쪽으로만 기울지

생각하지 마라
왔던 곳으로 돌아가려면
굽은 다리와 꼬부라진 등으로
측백측백측백을 하늘의 별만큼 외워야 한다

바람에 흔들리는 측백나무
어린 머릿내가 코를 찌른다
울타리 밑에 분분한 덩굴장미 꽃잎

꽃이 피고 지는 별에 살았다고 구전하리라
물의 비가 내리는 지붕 밑에서
밥이라는 밥을 먹었다고 들려주겠다
일생이 온통 너였던
측백나무 그 별

모른다

그 먼 길을,
모르기 위해 나는 여기까지 왔다
내게서 떠나간 모든 이별과
다가갈수록 멀어지는 몸을

나는 모른다
피고 지는 것들의
그 끝없는 소모를 비바람 눈보라
빗금을 뚫고 건너가던
한 사람을

나는 알지 못한다
태양을 끌고 가는 개미의 시간과
네게로만 몰려가는 피의 까닭
기억 속 떠나지 않는 얼굴 하나를

나는 까마득하게 모른다
오토바이에 실려 가던 개의 눈빛과
불빛 환한 도마 위의 알몸과
바람에 날려 가던 비닐봉지의 안부를
나는 하나도 모른다

텔레비전이 돌아가셨다

텔레비전이 꺼졌다
화면이 부르르 떨리더니 몇 번 번쩍거리다가
한 점으로 작아지면서 소멸했다
별빛이 사라지듯 이생의 빛을 거두었다
적색거성처럼 화면은 며칠 전부터 불그스름했다
옆구리와 가슴을 쿵쿵 치고 몸을 움직여 보았지만
텔레비전은 한 번 감은 눈을 더는 뜨지 않았다
플러그를 뽑았다가 다시 켜도 허사였다
오래 준비해 온 듯 텔레비전은 단호하고 고요했다
결혼하면서부터 함께했으니 근 25년,
나는 그렇게 텔레비전을 임종했다
집안의 큰 어른이 돌아가신 듯 마음이 허망했다
무릎을 세우고 텔레비전을 보던 고향 집 아버지 생각이 났다
아, 무슨 말끝이었나
그때 나는 아버지와 텔레비전을 겹친 시 한 편을 썼었다
갑작스런 고요가 귀에 맴돌아 나는 방 안을 서성거렸다
아내에게 알릴까…… 바쁘다고 짜증내겠지
처사께서 졸卒하셨다고 부고를 띄울까…… 다들 웃겠지
텔레비전은 우리 집의 어른이었다
거실의 제일 상석에 앉아 세상의 영욕을 비추며

가뭇없는 우리의 눈을 지그시 모아주었다
평평한 당구대의 알레고리를 간직한 채 평면으로 돌아가셨다
어떤 유언도 남기지 않았다
텔레비전의 주검을 방치한 채 몇 달을 보내는 동안
우리는 휴대폰의 작은 화면으로 뿔뿔이 눈을 돌렸다
밥상은 고요했고 집 안은 푹 꺼진 동굴처럼 어둑했다
나는 아내가 새 텔레비전을 들이자고 할 때까지 기다릴 참
이었다
아내도 나 같은 생각을 하는지 좀처럼
말을 꺼내지 않았다

거울의 냄새

수은의 미간이 고여있다
일렁이는 면전面前
우그러진 구멍에서
청백의 연기가 새 나올 것 같다
코에 쐬면 밑이 빠지고
무너진 잇몸이 중얼거린다
거울의 목적은 깨지는 데 있다
얼굴에 거짓말이 묻은 여자가
벤치에 앉아 화장을 고친다
붉은 입술의 표면이 점철된다
깨지는 것을 파경이라 한다
파편마다 눈알이 고여있다
버려진 눈 밖에서
독한 꽃향내가 난다

고등어는 나의 것

생각해 보면 어머니는 한 번도
고등어를 제대로 먹지 않았다

고등어는 다만 밥상 위에 올랐을 뿐인데
그것은 할아버지의 것이었고
아버지의 것이었고 나의 것이었다

어머니는 밥조차 밥상 밑을 헤매었다
구름을 비비거나 빗물을 후루룩거리기엔
어둑한 그곳이 훨씬 편했을 것이다

고등어가 지천인 시절이 왔지만
어머니는 여전히 고등어를 먹지 않았다
드시라고 해도 자꾸만 내게 밀었다
안 먹으면 그뿐,
나는 널름널름 고등어를 다 먹었다

그러는 사이 어머니는
우리들의 밥상에서 영원히 축출되어
이 집 귀신이 되고 말았다

첫 번째 고등어는, '귀하니 너 먹어라'였고
두 번째 고등어는, '흔하니 너나 많이 먹어라'가
아니었을까 생각해 보게 되는 것이다

고등어는 여전히 나의 것이다, 짐작하건대
어머니는 거기에 가서도
고등어는 절대로 먹지 않을 것이다

칸나

피가 많은 칸나는 칸칸칸,
잘 두드린 쇳소리를 낸다
기별도 없이 나는 무연해서
모든 먼 것을 그대라고 해버린다
사랑을 각설하자
미뤄두었던 등이 쎄— 하게 녹슨다
무슨 독한 말이
화살처럼 너를 멀리 보냈나
칸나는 칸나라서 칸나를 아주 모르고
퉤퉤, 마른 입술을 빨아
쇠 비린내 나는 침을 뱉는다
새파란 하늘을 삼키는 목젖아,
양수羊水가 마르는 코끝으로
나는 싸하게 서성이노니
칸나 칸나 칸나
어느 철공의 무장無藏한 망치가
내 피를 때리고 때린다
나는 구월에 칸나 하나를 다 못 외운다
나 하나를 다 읽지 못한다
꽃의 일 초와 강물의 일 분과 돌의 한나절과
그 모든 하루의 칸칸칸

안점眼點

어둠과 그것은 관련이 있다
조짐이라 해야 할까
무렵이라 해야 할까
어스름이 내릴 때 그것은
내 허기의 변두리에 분포하기 시작한다
최초의 표정이 온다

수족관 속 오징어의 눈이 무섭다
백색 촉광 속에서 들끓고 있는
진화의 히스테리를 본다
잡아먹을 것인가 잡아먹힐 것인가
식욕과 그것은 관련이 있다

벽화처럼 눈에 검은 테두리를 친
여자가 하는 술집을 알고 있다
그 여자의 눈을 맞고 오면
희박하던 기억이 좀 더 뚜렷해진다
세월과 그것은 관련이 있다

컴컴한 안이 밖을 보고 있다

모든 표정의 전위이면서 배후인
어머니 별은 여전히 터지는 중
멀어지면서 집중되는 어둠의 표면에
간판 불빛들이 붐빈다

쓸쓸함과 그것은 관련이 있다
눈을 감아도 끝내 나를 바라보는
눈이여, 무섭고 쓸쓸한 안점이여
바라보면 충혈이 오는
유정한 혹성에 당신과 내가 있다

무화과 2

바깥으로 활짝 피어보았다
갈 데까지 가보았다
두문불출한다는 건 그렇지
안으로 문을 잠근다는 건

분홍 커튼이 드리워진 방
화장대와 전축과 텔레비전과
캐시밀론 이불이 덮인 침대
그런 디스플레이 속에 있어본 적 있지

바람이 지날 때마다
온 피를 조이며
너는 더욱 금족禁足하고
꼭 다문 너의 항문이
어느 길거리 광주리에
소복소복

나를 만났다

어제는 나를 만났다
평화롭고 온화한 얼굴이었다
어떤 생각 끝에 담배를 꺼내 무는데
어디에서 왔는지
동그랗게 손을 모아 불을 붙여 주었다
좀 어떠냐고 물었고
견딜 만하다고 대답하였다
이대로, 라고 눈을 밀었고
아마도, 라고 고개를 끄덕였다
손을 잡고 다정한 속도에 몸을 실었다

한 외롭고 따뜻한 방 안이었다
잠시 흥건한 발목을 나눈 끝에
흩어진 가족과 옛집의 내력에 몰두하였다
뒤통수에 깍지를 끼거나
문지방을 베거나 발등에 발을 올리는
태도에 대해 오래 논의하였다
이산離散과 불효의 계보에 대략 동의하였고
긴 강의 하류에 이르러
어머니의 말을 두런두런 나누었다

쓸쓸하고 편안한 혼곤을 털고
내가 먼저 일어섰다
자고 가라고 한 밤만 같이 자자고 붙잡았지만
바쁘다고 가파른 약속을 꺼내 보이며
언제일지 모를 다음을 기약하였다
나는 또 걱정 없이 살리라고 웃으면서
눈물이 그렁그렁한 어깨를 토닥여 주었다
헤어질 때 한사코
차비를 호주머니에 넣어주었는지 모르겠다

밥상

마당을 가지면 방문을 열어젖히고
가래침을 길게 뱉고 싶다
밥을 먹다가 별안간
마당으로 밥상을 던져보고 싶은 것

새벽 아침에 일어나서
여물을 썰고 불을 때고
장작을 패고 낫을 벼리면서
식구들의 노동을 촉구하고 싶다

마당 없는 집들이 상하좌우로 뻗어나가고
웬만하면 땅을 밟을 일조차 드물어서
이제 그런 일은 불가능한 일
공동체니까, 성숙한 시민이니까,
그런 건 할아버지만 가능한 일

층간 소음처럼 저벅거리는 나날들
밥상을 베란다 창밖으로 던져볼까
엘리베이터에 실어 보낼까

문을 열고 마당으로 가래침이나 뱉으면서
살았으면 좋겠다
나만 살다 죽었으면 좋겠다

보내지 않은 말

보내기 전에
말은 아름다웠다

부르지 않아도 너는 너였고
말하지 않아도 나는 나였다

말하지 않았으므로 풀들은 우거졌고
나무들은 가지를 쭉쭉 뻗어갔다
바위와 돌들은 제자리에서 충분히 무거웠다

보내지 않은 말은 어둠과 같아서
하늘엔 별의 눈동자들이
초롱초롱하였다

어떤 말도 될 수 있으며
그 어떤 말도 될 수 없는
경계에서 나의 말은 지혜로웠다

내장된 말을 품고
나는 아직 아름답게 접혀 있어

소리들이 먼저
내 귀의 지붕에 비처럼 내릴 때

목젖은 촉촉이 젖고 혀는 달아
아무도 부르기 싫었다
아직 나를 보내지 않았다

서울이라는 발굽

고향에 가면

피에 겨운 어린 내가 있고

고향에 갔다 오면

나는 백 년 늙는다네

어째서 골목은

작아지는 일에만 몰두했는가

고향에 갔네

고향은 다 끝난 자세로

죽은 혈족들처럼 무뚝뚝하고

무엇이 지나갔는가

사나운 사내가 어깨를 치고 가는 거리에서

무슨 간판을 찾아 두리번거리는

나는 아무리 가도 때늦은 사람

부르는 목소리 하나 없이

바삐 바삐 올라오는

나는 서울이라는 발굽을 가진 사람

가지 않고 오기만 하는 사람

영 글러먹은 사람

보인다

묻지 마라 씩씩한 입김도 없이
늦은 밥을 혼자 먹을 때,
먹는 것이 보인다
깍두기를 씹는 턱이 보이고
국물을 넘기는 목젖이 보인다

숟가락이 보이고 젓가락이 보인다
오물거리는 볼이 보인다
벗겨진 이마가 보이고 넥타이를 맨 목이 보인다

독거하는 노인이 보인다
혈안의 벽이 보인다
쉰 김치찌개가 담긴 냄비와 간장 종지와 라면 봉지와
선풍기와 휴대용 가스레인지와 이불과 옷과
아아, 마침내 수습되는 백골이 보인다

밥이 밥을 먹는 꼴을 본다
꼴이 꼴의 뒤통수를 본다
그 미운 무방비를 본다

숟가락을 놓는 내가 보이고
훌렁훌렁 물을 마시는 내가 보이고
전철에서 졸고 있는 사내가 보인다

까마귀

나의 까마귀는 검은 비닐봉지
보도 위를 굴러가는 검은 비닐봉지
쥐똥나무 울타리 밑에 검은 비닐봉지
나뭇가지에 나부끼는 깃발
속을 잃고 떠도는 한 줌의 어둠
생각은 무슨 생각 말은 무슨 말
너는 작은 바람에도 살랑인다
어디로든 가야 한다
휙휙 바퀴보다 빠르게
발길보다 가볍게
너는 피 없는 한 뼘의 날개
까마귀야, 기억해 다오
너를 담았던 불룩한 냄새를
너를 묶고 뜯었던 손을
너는 내 곁을 서성이는 까만 맨발
나를 지켜보는 허공의 눈
썩지 않고 빛나는 영혼
검은 비닐봉지는 나의 까마귀

우화羽化

헤어져야 노래는 아름답다
간 끝에 돌아오는 길이 굽고 멀다
꽃이 예쁘면 마음이 서럽다
갈 수 없고, 안 보이는 얼굴이 그립다
아무것도 안 하는 햇빛을
나비는 가로질러 간다
구름을 구경하기 좋은 살구나무 밑
평상에 도착하는 매미 소리
누더기에 삐져나온 눈부신 흰 발
죽어서 죽지 않는 말아,
날마다 꺼내 보는 거울의 안색이
불 맞은 대추나무처럼 우멍하다
땅을 파든 바퀴를 굴리든
쉼 없는 것, 밤낮으로
쓸모없는 쓸모의 아귀를 두들겨 맞추는 일
반복보다 더한 가르침은 없다
그것은 부질없고, 손에 굳은살이 박이고
묻은 때가 반질반질 빛나는 것
목구멍에서 실이 나올 때까지
먹고 먹는 일, 바늘을 삼키는 사람을 보았다

실을 뽑아 방을 짓는다
머리맡에 예언을 걸어놓고 방문을 닫는다
눈보라 같은 잠의 등을 찢고
먼 곳이 돋는다
날개는 피의 투명한 이름

제2부　바퀴

열쇠

홑치마를 입은 여자가
옥상 텃밭에서 뚜엇거린다
바람이 몸에 달라붙는다
훔쳐보는
죄가 생길 무렵,
옥상 문을 열고 남자가 나타난다
여자의 주인이다
열쇠 꾸러미 같은 것을
들고 있다

웅웅거리는 소리

건물 뒷벽에 에어컨 팬들이
웅웅거리며 열을 버리고 있다
저 소리 속에 나도 들어있다

사랑을 표방하는 모텔 간판들이
민낯으로 햇빛을 받고 있다
그 방의 에어컨과 냉장고도
웅웅거리며 잘 돌아가겠지

웅웅거리는 소리는 모든 소리
위태롭고 뾰족한 소리의 새끼들을
입안 가득 머금고 떠도는 물고기
공중에서 내려다보는 원융圓融의 소리

에스컬레이터 엘리베이터 컨베이어 벨트
그곳에 무엇이 실려 가는지
웅웅거리는 소리는 모른다
꽃밭의 웃음과 벽 안의 울음을 품고
맨발로 차례를 기다리는 소리

웅웅거리는 소리는 불면의 파수
모든 투신을 껴안은 에밀레
아무 내용도 없이 텅텅 비어서
닿지 않는 곳 없이 더 멀리
소리의 환環을 넓히는 소리

그의 책상

그가 없는 그의 책상이
있다 그는 먼 나라로 휴가를 떠났거나
산으로 출근했는지도 모른다
올 것이 온 듯 물끄러미 그는 없고
그가 없을 때,
책상은 오랜 숙원처럼 고독하다
뒤통수에 깍지를 낀
의자는 텅— 텅— 멀고
반들반들 똥내 박힌 대(竹)방석이
그가 없는 무게를 발설하고 있다
그가 없을 때,
책상 위에 컴퓨터는 더욱 캄캄하고
눈을 타는 짐승처럼 책상은
굶어 죽을 궁리로 골똘하다
그가 없자마자 까맣게 잊히는 그의 책상
비우면 비워지고 치우면 치워지는
그가 없는 그의 책상이
있다 사람의 궁리를 떠받치던
한 쓸쓸한 유물이 있다
한 번도 나의 것이 아닌

그가 없는 그의 책상이
있다

바퀴

밖을 굴려 안을 먹인다

바퀴는 온몸이 표면인 채
바퀴 바퀴 바퀴를 외우며 간다

바퀴의 말은 바퀴
가 전부

텅 빈 내부를 섬기는
양파의 외부 같은

쳇바퀴와 헛바퀴로 겹겹이 에워싼
굴레의 둘레
그 오래된 밑창

공터에 타이어가 버려져 있다
우멍한 안쪽에
물이 고여있다

생활주의자

그는 관계의 궁극을 통찰한다
무엇을 주고받는 철학을 신봉한다
그냥이라는 말이 제일 싫다
책상 유리 밑 성공 십계명처럼
그의 눈은 생기롭고 말은 간결하다
웬만하면 바빠서 만남은 짧게
관계의 핵심은 효율성인데
안 오는 사람을 기다리는 형국과도 같은
밤의 소모는 지겹기만 하고 그런
쓸데없는 새벽은 후회막급일 뿐
구름과 강의 은유라든지
나무와 새의 알레고리 따위가 무슨 소용인가
술자리는 한 시간 노래는 딱 한 곡
우울할 땐 차라리 목욕탕에 가서
찬물에 풍덩 빠지는 게 낫다
어제는 반성 오늘은 실천
허리띠를 한 번 더 바짝 조이고
구두를 탁탁 짚으면서 그가 집을 나선다
오늘은 줄 차례인가 받을 차례인가
손전화기 화면에 가족들이 환하게 웃는다

오늘은 딸의 생일 잊지 말자 케이크 케이크

그는 바삐, 더한층 생활적인 자세로

빌딩들과 차들과 사람들 속으로

아내가 운다

친구들은 먼 나라 여행도 가고
집에서 강아지나 키운다고
늦게 들어온 아내가 운다
반듯하고 온화한 그녀들의 남편과
한뎃잠이나 자고 들어오는
허깨비 같은 나를 빗댄다
구름도 없이 후드득 듣는 비처럼
준비도 없이 언제나 문득,
울면 우는
아내가 운다
이불을 뒤집어쓰고 불어터지면서
사무치는 이생을 개괄한다
남편이라는 이름의 나를 요약한다
아시다시피,
나는 삐딱한 자세와 시니컬의 탕아
눈물을 한참 잊고 살아
때늦은 등을 말아 쥐고
내가 참으로 울 때,
당신은 이미 내 앞에 없는
신념 같은 예언이 눈에 밟힌다

일어나 봐라

일어나 보라카이

이런 밥통 하나가 먹먹히 박혀 와서

나는 국경처럼 비장해지는 것

새벽에 집을 나서는 것

아무런 준비도 이별도 없이

아내가 운다

당신 나라에 당신이 있고

내 나라에 내가 펄럭인다

램프의 사내

밥과 설거지를 하기로 했다
대의를 좇아 30년을 떠돈 끝이었다
서쪽에서 해가 뜨고 염소가 나무에 오를 일이었다
아내는 처음엔 믿지 않았지만
퇴근 때마다 가지런한 그릇들을 보고 뜨악해했다
집에 돌아오면 아내는 내가 설거지한 흔적을 탐색했다
나는 검열을 앞둔 군대처럼
싱크대 구석구석까지 말끔하게 닦아놓았다
밥솥을 씻고 밥도 지어놓았다
아내는 지휘관의 표정으로 의기양양해했지만
한두 달이 지나자 조금 어두워지면서
컵이나 음식 쓰레기 같은 걸로 꼬투리를 잡았다
아무래도 좋았다
당신은 이제 평생 설거지 안 해도 돼, 이런 말끝에
물방울이 툭 떨어졌다 아내도 눈이 빨개졌다
나를 추궁할 일이 설거지밖에 없는 아내여,
말을 뺏기고 정치라곤 나밖에 모르는 사람아,
얼떨결에 노역의 한구석을 잃은 아내는
대견해하면서도 쉽사리 허전한 표정을 풀지 않았다
설거지를 하면서 어떤 생각이 몰려와서

조금 운 것도 아내가 알 필요는 없었다
사람들아, 우리 남편은 설거지를 해준다네
램프의 사내를 가졌지 뭐야, 설거지를 부탁해!
함께 알라던 영화를 보고 온 날도
아내는 설거지거리가 쌓인 주방을 눈으로 넌지시 가리켰다
밥은 밥솥이 해놓았으므로,
반찬을 만들어 아내의 끼니를 온전히 봉양하는 것은
조금 더 생각을 닦은 후의 일일 것이다

계곡이라는 계곡

접는 의자를 물속에 펼쳐놓고
노인이 앉아서 발을
담근다는 것을 담그고 있다
흐르는 것을 흐르는 물
아이들이 물장난을 치며
논다는 것을 논다
저 옆, 그늘막 텐트 안에는
젊은 여자 셋이 흰 살을 드러내놓고
잔다는 것을 자고 있다
차일 친 마루에는 수상한 남녀들이
백숙이라는 백숙을 뜯어 먹고 있다
화투라는 화투를 치면서……
더위라는 더위가 해감내를 풍기며 우묵해질 무렵
아빠라는 아빠가 아이들을 주섬주섬 챙긴다
노인이 의자라는 의자를 접는다
누웠던 여자라는 여자들이 소란을 떨며
텐트라는 텐트를 걷는다
백숙과 화투는 어느새 없고
계곡이라는 계곡이 어둑해진다
매미라는 매미가 실금실금
우는 것을 울다가,

다정한 죽음

죽은 선배를 문상하고 왔다
그이는 다정한 사람이었다
생각건대, 먼저 죽은 사람들은
모두 다정하다는 것
던적스럽게 굴지 않고
꾸역꾸역 살지 않았다는 것
살아서 어질던 그들은 맥없이 갔다
나무처럼 덤덤하고
풀꽃처럼 소박한 삶이었다
살면 사는 대로
죽으면 죽는 대로
다정은 가난과 함께했다
모두 자기 것인 양 허기를 꼭 부여안고
쥐 죽은 듯 살다가
병을 얻거나 바퀴에 깔려서
그만 이 세상을 떠나버렸다
영정 사진의 웃음조차 힘없이 다정하여
사람들은 술과 음식을 먹으며 시끄러웠다
또 생각건대, 어느 흉악한 시절에
총칼 맞아 죽은 이들도

모두 다정한 사람들이었다
순한 공포를 눈에 담은 채
그이들의 시간은 멈추었다
삶에 겨워 버둥거리는 내 어깨를
다정하게 도닥여 주었다

모르는 힘

커피집 옆에 베고니아 꽃들이
도란거리다가 내 눈이 닿자 베고니아
입 아닌 얼굴로 뚝, 말을 멈춘다
물웅덩이에 바글거리던 실지렁이들도 쑥,
들어가 버렸지

담배를 피우는 모르는 내가
누군가에게 슬쩍 지워지는 오후
햇빛을 모르는 햇빛이 등을 돌리고
거미줄에 거미인 줄 모르는 거미가
눈부신 허기의 역광을 받고 있다

모름의 연대連帶,
모르는 것들의 줄기찬 명命들이
가장 모르기 좋은 자세로 눈 밖에서 흔들린다
쳐다보면 뚝뚝 멈추는 것들
외면하며 어찌할 바를 모르는 것들
저들이 나를 모르는 간곡함으로
나 또한 저들을 모를 것

모르는 마음으로 생각하노니,
내가 아는 것들
내 눈에 오래 머문 것들은
모두 불타서 폐허가 되었다
그것은 나로부터 그리된 것

알지 말자, 모름의 하염없는 동지들
모르는 것들의 모르는 힘이 나를 퍼 올린다
나는 모르는 것들에 실려서
동쪽처럼 나아가고 서쪽처럼 돌아온다
모르는 것들이 사방팔방으로 나를 돋운다

간다

자전거에 태극기와 만국기를 꽂은
아저씨가 지나간다
가늘고 긴 트로트 방귀를 흘리며
위대할 일도 없이
나라에 사무쳐서 하염없이 간다

개나리 나무 줄기들이
방둑을 덮고 있는 산책로
차양 모자와 마스크로 얼굴을 결심한
아주머니가 헛바람을 일으키며 간다

가지 않는 자 도달할 수 없다는
경구 같은 것을 품고서
최후의 일인처럼 비장하게
우리는 가긴 가야 한다

인생은 마라톤이야,
이번 생은 여러모로 글렀지만
완주하는 데 의의가 있다는
달리기의 윤리를 금과옥조처럼

암암리에 새기며

뒤를 돌아보니
국기 아저씨는 벌써 보이지 않고
마스크 아주머니의 꽁무니가 막 휘어지고 있다
갈 일밖에 없는 나도 새삼 열심히 간다

죽은 자의 표정은 세상에 낯설어서
시간은 갈 때의 몸을
그냥 돌려보내는 법이 없다

더덕

세운 무릎 바짝 껴안고 있다
무릎 위에 머리만 달랑 얹혔다
턱 밑이 무릎이다
무릎이 등을 바짝 업고 있다
전차가 끌고 온 바람이
할머니를 팔랑팔랑 넘긴다
더덕 냄새가
지하도 멀리까지 퍼진다

벤치의 자세

앉아서 자는 것은 조는 것이다
잠깐 졸아서 미안한 자세로
누가 지적하면 언제든지 일어날 태세로
잠 아닌 잠을 깜박 조는 척
다리를 쭉 뻗는 것은 벤치에게 미안한 일이다
신발을 벗는 것은 상습적이다
눕는다면 뭔가 위반하는 일이지 않겠는가
누가 봐도 잠깐 쉬는 태도로
얼마든지 깰 준비로
비스듬히 벤치와 하나가 되는 것
잠과 휴식의 경계가 모호한 그 지점
벤치는 그런 것이지
소파도 아니고 마루나 침대도 아니니까
가령, 이발과 면도의 범위라든가
애정과 추행의 경계가 모호해지는 지점에 벤치가 있는 것
상념이 많아 눈을 감고 있다는 것을
살짝 들키는 그런 정도여야지
드러누워 잔다면 걸어 다니는 사람에게는 미안한 일
앉는 것과 눕는 것은 천지 차이
드러눕다 드러내다 드르렁거리다 같은 말은 얼마나 불

경한가
　벗은 발은 또 어쩌고
　눕지 못한 몸이 벤치에 앉아 눈을 감고 있다

선인善人

보일러가 고장 나서 사람을 불렀다. 노랑머리에 챙 모자를 쓴 청년이 불쑥 들어왔다. 뭐 이런 사람이 보일러를 고친다고, 이것저것 변설이나 늘어놓으며 새 보일러로 교체해야 한다고 할 것 같아 조바심이 났다. 막힌 하수관을 뚫을 때도 세면기와 변기까지 들먹이던 사거리 대한설비 아저씨 생각이 덜컥 났다. 보일러를 제법 아는 사람처럼 상황을 설명하고 옆을 지켰다. 청년은 나를 빤히 쳐다보더니 나가 계시라고 했다. 헛기침을 하며 거실을 서성거리는데 청년의 목소리가 들려왔다. "사장님, 물걸레 좀 없어요?" 수건에 물을 적셔서 들고 갔다. "보일러는 아직 쓸 만해요. 이쪽으로 가는 필터 관이 막혔어요. 보이시죠? 이걸 빼서 한번씩 청소해 주세요." 청년은 필터에 바람을 쉭쉭 넣고 후후 불더니 걸레로 닦았다. "빗자루도 좀 주세요." 청년은 부스러기를 쓸어낸 뒤 쪼그리고 앉아 때가 새까맣게 낀 바닥을 걸레로 박박 닦았다. 일을 다 끝낸 청년에게 출장비 외에 웃돈 만 원을 더 내밀자 단박에 사양했다. 청년은 주스를 한 목에 들이켜고는 뭐라고 뭐라고 전화를 하며 바삐 나갔다.

웃음 2

웃음만이 모두인 듯 웃어야 하오
이렇게 즐거운 나날이라니
우리는 필경 나쁜 소문에 휘말리겠군

저기 환멸의 절차들이 줄을 서있는 곳에
나에 겨운 내가 웃고 있소
당신은 또한 당신에 겹겠소

나를 드리울 어둠이 바닥났는데
당신을 그리는 별이 무슨 소용이오
웃음만이 살길인 듯 환하게
우리는 그저 웃어야 하오
태연한 외부의 표정으로

—웃음은 광인의 유서 깊은 상징인 줄 모르겠소?

미친 시인이라고 죽을 필요는 없소
바람이 분다고 살아야 할 필요도 없소*
나는 삐딱하게 미끄러지면서
담배나 피우겠소

모든 웃음이 집으로 돌아가면
나는 아주 처음인 듯 어긋나서
당신의 창가에 잠시 깃들겠소

* 폴 발레리의 시 「해변의 묘지」에서 "바람이 분다. 살아야겠다" 구절
을 변용함.

무서운 사람

수락산역에서 독산역까지 38km
아침저녁으로
나는 참 무서운 사람이다
벼락 맞은 사내처럼
하얗게 질려서
왕복 이백 리 길을
눈 하나 깜짝하지 않고
갔다 와서
텔레비전을 켜는
나만큼 무서운 사람 없다
나보다 더 독한 말을
들은 사람 없다

제3부 토크쇼

말

해서 미치고

안 해서 미친다

밤낮으로 미친다

청포묵을 다오, 청포묵을 다오*

* 청포묵을 다오: 사람 몸에 들어가 청포묵만 찾는 괴물. 『청구야담』에
  나오는 내용을 변용함.

북쪽보다 더 북쪽이고 남쪽보다 더 남쪽인[*]

너는 나와 그를 포함한 집합이고
너일 가능성이 많은 확률이다
내가 아! 하고 탄식할 때 너는 무궁한 명멸을 뚫고
내 앞에 나타나다 보이다 들리다
사라지다 눈을 깜박이는 순간조차
나보다 먼저 나타나고 사라지다
콩 튀듯 네가 잘 모아지지 않아
나는 마음의 미간眉間을 다해 산만하다
너는 초강력으로 나를 당기면서 밀어내다
밤낮을 꼬박 걸어 너라는 말 참 질기다
손등에 닿는 물결의 파법으로
나는 두 개의 문을 통과하여
셋 이상의 너를 만나고 백 개의 문밖으로 상실되다
변검變臉처럼 돌아볼 때마다 다른 얼굴로
이미 실현된 예언의 표정으로 끝장으로
너와 나는 곧잘 이별의 취향을 갖다
아주 가까이 멀어져서 너는 당신과 그대의 이름으로
나는 그와 우리의 순간들로 빈틈없이 엇갈리다
층층 겹겹 이 별은 한곳에서 온 이산자들의 숙소
나의 하루는 충돌의 허기를 풍선에 불어넣는 일

컵이 나를 마시고 의자가 나를 앉다
문이 나를 열고 천장이 나를 눕다
바위가 나를 들고 나무가 나를 서다
이쪽과 저쪽 보임과 안 보임을 요동치며
발견되기 이전의 그 모든 길을 헤매다
단 하나의 너를 발명하는 일 붙잡아 두는 일
그건 이쪽의 일 나의 일 말의 일 시의 일
오는 길에 습관처럼 너라는 말을 또 하다
언제 어디쯤에서 너를 상쇄할 수 있을까?
세게 부딪히며 반짝, 소멸할 수 있을까?

* 레스카 카우프만의 저서 『나를 찾아가는 동화여행』의 목차에서 빌려옴.
※ 이 시는 김춘수의 시 「꽃」의 사유를 일부 포함하고 있음.

인도에 안 가기

인도에 안 가는 동안

인도는 수시로 나를 다녀갔다

인도에 안 가는 그 긴 세월 동안

나는 오른손으로 밥을 버무려 먹고 왼손으로 밑을 닦았다

내 속엔 인도가 너무 많아*

인도적인 자세로 인도는 나를 인도하려 했지만

나는 걸핏하면 인도를 허탕시켰다

그러니까 내가 인도에 안 간 것은

이마에 붉은 점을 찍은 어머니가

헐벗은 흙집에서 밀 빵을 굽고 있거나

아버지가 철침 방석에 앉아 명상 중이라는

소문 때문만은 아니었다

틈만 나면 나는 인도에 안 갔고

인도에 안 가는 수많은 시간 동안

나는 한 도시의 뒷골목에서 집채만 한 수레를 끌거나

하루 종일 빨래들을 후려쳤다

무례하거나 무심하게 인도는 인도적으로 북적댔고

인도에 안 가기 위해 나는 수시로

큰 강이 내려다보이는 언덕배기의 한 옥탑방에서

무더운 연기와 냄새를 고스란히 견뎠다

타다 만 주검들이 둥둥 떠내려가는
그 물을 마시고 그 물에 몸을 씻고 돌아와
인도 비디오를 보는 인도**의 자세로
나는 줄기차게 인도에 안 갔다
내가 인도에 안 가는 그 수많은 시간 동안

* 하덕규의 노래 「가시나무새」 중에 "내 속엔 내가 너무도 많아" 구절
을 변용함.
** 이수명의 시 「고양이 비디오를 보는 고양이」 제목을 변용함.

토크쇼

내 집에 그들이 들었다
몇 번 문을 두드렸지만
잘못 들었나, 소리가 소리를 먹어버렸다
그들은 나보다 먼저 웃고
나보다 빨리 말을 이었다
반 박자 또는 한 박자 빠르게
말에 얹어맞고 웃음에 그인
나는 피 흘리며 문밖을 서성였다
내 집에 그들이 들었다
내가 없는 거실은 그들에게 더욱 친절했다
화색에 찬 냉장고는 수치도 모른 채 속을 열었고
텔레비전은 채널을 옮겨 가며
내 옹색한 취향을 발설하고 있었다
우렁 각시 몇도 까르르 끼어들었다
나만 모르고 있었다 듣고 보니
다 나 때문이었다 내가 원인이었다
두절된 말의 눈부신 조도 속에
나 없는 행복이 가득했다
내 집에 그들이 들었다
나는 국경에서 소금을 팔다 온 사내

서울 밝은 달 아래 밤드리 노닐다* 온 사내

아닌 밤중에 홍두깨 뚱딴지 보릿자루 달밤에 체조

나는 유리 밖 어둠 속에서

밤새 안을 기웃거렸다

날이 밝자 그들은 어느새 자취를 감췄다

나는 참회하는 마음으로 그들이 먹다 버린

잔혹한 요리들을 치웠다

내가 집을 비우는 사이

그들은 오늘 밤에도 어김없이 몰려올 것이다

* 향가 「처용가」의 구절을 변용함.

순결한 몽유夢遊

그녀는 밤마다 달빛을 밟고 다른 잠을 자고 온다
다른 방에서 다른 남자와 자고 밤이슬을 묻히고 와서
내게 자고 왔다고 속삭이는데,
심지어 그 남자의 느낌까지 묘사할 때면
나도 그만 궁금하여 그녀의 입에 귀를 대고 만다
실오라기 차림으로 궁금한 것을 궁금하게 말하는
그녀의 속삭임은 희다 못해 파란 정맥 같은 것이어서
귀보다 손으로 쓰다듬어주어야 한다
그러고는 아이 추워, 뾰족한 발끝으로 사타구니를 간질이며
나 없인 못살겠다고 아양을 떨어댄다
(그녀는 내가 없으면 불안하다고 아이처럼 운다)
밤마다 그녀를 불러내는 자가 누군지 내 알 바 없지만
나는 마치 기둥과도 같은 마음으로 더 자주 갔다 오라고
궁금한 것이 풀릴 때까지,
털털 웃으면서 그녀의 자그마한 머리통을 껴안는 것인데
염치를 모르는 그녀가 어쩌면 더 순결할지 모르겠다고
순결 때문에 마침내 순결하지 않은 여자들을 생각하면서
불화 치정 폭행 고소 재판 합의 이혼 재산……
그런 것에 비하면 그녀의 앞뒤 없는 말과
오로지 남자만 좇는 그녀의 몸이 훨씬 더 순결하다고

정말 그렇다고 그렇게 믿어버리는 것이다
그녀는 오늘 밤에도 다른 남자의 품에 안겼다가
내게 와서 수다를 떨고 투정을 부릴 것이다
어느 날, 남자로부터 버림당한 그녀가 울면서 나를 떠날까 봐
나는 그게 두려워서 그녀의 난잡하고 순결한 몽유의 풍습을
조마조마하게 사랑하지 않을 수 없는 것이다

숯과 검정

토하는 사람 뒤에서
누가 등을 두드린다
다 토해 버려, 그럼 좀 편해질 거야
그러게 너무 많이 마셨어
택시 잡아줄게
그런 말이 제일 위로가 되는 줄 아는
그런 말을 하면서
토하는 사람도
두드리는 사람도
어두워서 잘 보이지 않는다

보험은 말씀처럼

보험 광고의 예언에 의하면 나는
언젠가는 사고를 당하거나 아플 것이고
그래서 가족들을 고생시킬 것이고
또박또박 예비하지 못한 인생 때문에
살면서도 뼈저리게 후회할 것이고
그리하여 이래저래
나의 말년은 가파를 것이 뻔하고
이미 내일인 오늘을 후회할 것이고
그것 보란 듯이 나는
불행한 자의 모범이 되어
구질구질하게 살다가
내가, 내가 아니고
사는 게 사는 게 아니다가
내 이럴 줄 알았다 죽어갈 것이다
아니라고 생각해 보지만,
보험은 줄기차게 나의 불행을 입도선매한다
유비무환을 한 귀로 흘린 자
삼가지 않고 섬기지 않은 자
함부로 웃다가 아무렇게나 죽어버리는

당신

물 만진 찬 손 감추고
어두운 머리맡에
가만히 서있는 사람

어느 쓸쓸한 가문의
문지방을 건너온 발목
그 철없는 복숭아뼈

미안하오, 어린 내 사랑
밥도 빨래도 던지고
풀밭에서 뛰어놀자

평지풍파가 무서워
어느 날 도망친
먼 곳에 당신은 살자

나는 당신이 모자라는 사람
평생을 헤매는 후회
그 마지막 유언

안 오는 밤

소문에 의하면
그녀는 여태 오고 있는 중이고
조급한 우리의 밤은 설렌다네
술잔을 돌리면서 이제 곧 그녀가 당도할 거라는 기대로
우리의 밤은 풍선처럼 부푼다
그녀는 아직 오고 있는 중이고
이 밤이 다하기 전에 그녀가 온다면 그건 정말 기쁜 일
벅찬 일
불길한 예감 따위는 한쪽에 밀어둬
오로지 그녀를 생각하는 거룩한 밤
오늘 밤만은 어제의 밤이 아니기를
홀로 돌아가는 새벽이 아니기를
물거품이 아니기를
그녀가 오고 있는 우리의 즐거운 밤
술은 달고 노래는 흥겹다네
이제 조금만 더 있으면 그녀가 온다는 것
그녀를 생각하면 꼬부라진 혀조차 지겨울 새 없다
그녀가 오면 노래를 시킬 거야
후래자삼배, 사양하는 그녀 수줍은 그녀
마지못해 마실 거야 일어나서 노래를 부를 거야

귓불이 발그레 물들 거야
그녀는 여전히 오고 있는 중이고
오늘 밤 우리의 희망은 포기하는 법이 없어
이 밤이 끝날 때까지
새벽이 밝을 때까지

당신을 보는 법

좋은 것을 좋다고 합니다
예쁜 것의 다른 말을 알지 못합니다
'아름다워요'보다 '예뻐요'가 좋습니다
겨울은 추워 하얀 마스크와 목도리와 털모자와
발끝을 보며 걷는 사이사이 무렴한 눈이 예뻐요
당신이 무슨 마음으로 움직이는 몸의
그 접음과 폄이 예뻐요
나쁜 것은 나쁜 것이 되어봅니다
돌이킬 수 없어 나빠진 것이지요
나도 예외가 아니니까요
사랑해요, 조금씩 어긋나지만,
당신과 숨 쉬는 지금의 이 시공을 사랑해요
우리가 모르는 틈에 숨이 한 번쯤은 겹쳤겠지요
137억 년 동안의 흩어짐 끝에
당신은 그 먼 길을 여기까지 왔겠습니까?
나는 사람의 눈과 귀와 말을 가졌습니까?
당신 속의 어둠과 눈물과 헤맴을 사랑해요
간절함보다 더 좋은 말을 듣지 못했습니다
언젠가는 당신이 나를 떠나더라도 걱정 말아요
돌이킬 수 없는 뒷모습은 예쁘니까요

당신은 그렇습니다, 돌이킬 수 없습니다
불후입니다
곧 꽃이 피고 휘날리는 봄이 오겠지요
돌아보는 내 죄가 환합니다

눈에 띈 슬픔

베란다에 '흰꽃나도사프란'이 시들었다
마른 꽃을 단 채 머리를 풀었다
정수리 가마가 다 드러나도록
이러하니 그만 창을 닫아줘요
간곡한 외면, 모든 것은 나 때문이다
은유는 유구하고 옛날을 떠올리는 습관
그러니까 우리는 헤어진 적이 있구나
순간의 예지로 사진을 찍고 너를 기린다
세상은 아무 곳과 아무 때와 아무 것이었는데
나로 하여 네가 생겨나고 헤어졌다고 들었다
네가 나의 한평생이 되는
그런 필연의 내막 속에
나는 자주 미끄러지고 어긋난다
아주 어긋나서 너를 오래 잃고
뒤늦게 안 보여서 운다
옛날에 저질러진 사람아,
내 눈이 가는 곳에 있지 마라
예쁘고 슬픈 상징이 너를 덮기 전에
눈에 띄는 것은 좋고도 슬픈 일이다
공중에 터지는 불꽃처럼
담장 위에 피어버린 꽃처럼

나와 나타샤와 전화기[*]

아름다운 그녀의 전화기는 꺼져 있거나 안 받습니다. 그녀는 일단 안 받고 난 뒤에 전화를 되겁니다. "혹시 전화하셨어요?"

나의 전화기는 고요합니다. 어쩌다 휘파람 소리를 열면 제발 돈을 준다거나 '비아+씨알+죽음' 같은 문자들입니다. 나는 전화를 걸 때마다 혼신을 다해 안 받힐 각오를 합니다. "행복하세요. 좋은 하루 되세요."

아름다운 그녀는 나를 앞에 두고도 바삐 손가락을 놀립니다. 나는 그녀의 손안에 전폭적으로 사무칩니다. "방금 올렸어요." "지금 댓글 달게요."

아름다운 그녀는 바쁩니다. 전철은 핑계고 다른 곳에서 새벽까지 마실 참입니다. "홍대 앞으로 가주세요." 택시 안에서도 그녀의 전화기는 바쁩니다.

나는 위대해지리라 다짐합니다. "미안해요. 먼저 일어나 볼게요"라든가, "바빠서 오늘은 어렵겠네요"라는 말을 아름다운 그녀에게 꼭 돌려주고 싶습니다. 나는 나다운 것이

도무지 싫어서 "야야, 어이…… 잇엇" 중얼거리며 늦은 집으로 기어듭니다.

"잘 들어갔어요? 어제는 취해서 미안해요." 아름다운 그녀에게 문자를 띄우고 하루 종일 대답을 기다립니다. 오늘은 눈이 왔다고 하얀 풍경을 찍어 올리며 벙긋벙긋 전화기를 열어봅니다.

* 백석의 시 「나와 나타샤와 흰 당나귀」를 변용함.

명랑

우울은 우스꽝스럽고
고독은 뒤뚱거린다
걱정 마, 행복해질 거야
인형에게 하던 말을 전화기에 쏟으며
나는 친절하게 소모된다

명랑한 병 때문에
어떤 말들은 누워서 되새긴다
흰 이를 보이던 웃음의 끝에서
나는 세상의 장례식을 본다
사진 속 그는 왜 웃나

또한 나는 명랑하다
너에게 명랑하고 그에게 명랑하고
이 모든 사태에 명랑하다
죄를 씻어주듯이 어깨를 두드리며
아주 큰 사람처럼

명랑한 다음 날은 어둡고 뼈가 쑤셔
머릿속은 콩이 튀고 온몸이 녹아내린다

내 심장을 파먹은 까마귀 떼가
나무에 주렁주렁
나는 웃는 사람 아주 큰사람

등에 개똥이 묻었다 해도
나의 앞은 웃으며 전진한다
불안한 예언을 달고
꼬리를 무는 모험 영화의 환란 같은
그 명랑으로

파안破顔

웃는 끝이 점점 무서워진다
불행했던 한 코미디언의
말로末路 같은 한 말로가
얼핏 뇌리의 커브를 스친다

웃지 말아야지

이를 활짝 드러내고
유독 웃었던 사람의 장례식엔
그 웃음 더욱 생생한 법
웃음보다
쓸쓸한 죽음의 명분이 있을까

웃지 말아야지

불행한 웃음은 달린다
끝도 모르고 촐랑촐랑 달린다
나를 달리고 너를 달리고 그를 달린다
배꼽 잡고 달린다
허리가 휘어지도록 달린다

웃지 말아야지

나는 운다
나 때문에 울고 너 때문에 울고
그 때문에 운다
웃음이 달려간 그 먼 길을
되돌아오면서 운다
산산조각 얼굴을 쏟으며 운다

당신에게서 온 문자文字

나는 당신을 만난 적이 없다
당신 또한 나를 만난 적 없듯이
당신이 내게 보낸 문자는 불립문자不立文字

오늘 밤 혼자라는 말
외롭다는 말
시키는 대로 다 하겠다는 말
목차도 줄거리도 없이
대뜸 육박해 오는 뼈아픈 과잉

마음에 구름이 많은 나는 소심 남男
당신은 천수천안
당신의 문자를 받았을 수많은 나를 생각하며
번번이 집으로 돌아오는 밤

너무 많은 나는 내가 아니라네
너무 많아서 당신은 없다네

당신은 줄기차게 나를 부르고
나는 당신을 지우고 또 지우면서

당신이 펼쳐놓은 천 개의 강을 건너간다
내 기억 속에서
당신은 여전히 물레를 돌리고

나는 한 번도
당신을 만나지 못했다

오늘의 시

그 내일이 오늘이다
그 어제가 오늘이다
층층 불면을 잇댄 오늘은
어제와 내일의 빵으로 덮은 샌드위치
나의 염치는 수시로 배가 고프고
부드럽게 미끄러지는 비늘의 자세로
아무 곳이나 아무 때나 기웃거린다
어디선가 녹물이 떨어진다
사소한 날들을 꽉꽉 채우는
햇빛아, 나무야, 개미야
눈뜬 잠은 게을러서 바쁘고
높은 다짐은 높아서 무너진다
시는 백지 위에 쓰는 것
쓰지 않으면 백지는 백치白痴
나는 책상 앞의 금치산자
왕년의 파란만장아,
내가 나에 겨워 부르짖는 밤들아
그 어제가 오늘이다
그 내일이 오늘이다

매미의 문장*

백작이 흑장미를 물고
애인 티파니를 찾아온 것은
25시가 막 지나서였다
채팅에 열중하던 야화가
대도여인숙 쪽을 가리키며 윙크한다
승희네는 여우의 키스를 의심한다
첫사랑의 속삭임이 귀를 간질이는 동안
개미허리를 옆에 낀 자이안트 씨는
오렌지를 만지작거리며 새로운 여정을 약속한다
내일이면 이 둥지를 떠나야 한다
시가를 피워 무는 카사블랑카
쉼터는 네 박자로 소란스럽다
물보라를 일으키며 거북선이 아마존으로 들어서자
잠수함이 수궁을 나오며 작별을 고한다
등대는 신기루처럼 은하수를 뿌리고
안개 속 물망초는 수정의 눈물로 촛불을 켠다
미래에서 허브 향이 몰려온다
밤이슬에 젖은 여인의 향기에 취해
장미의 열정으로 불꽃을 태운
연인은 연리지가 되었다

* 속칭 '매미집'의 간판 이름들을 연이어 활용함.
　(출처: 서울, 전철 1호선 도봉역 뒤쪽, 약 100m 사이에 있는 간판들.)

귀하

어디론가 몹시 떠났다가

이제 막 들어오는 사람

검은 비닐봉지를 툭 던지며 불을 켜는 사람

손바닥을 물끄러미 보다가 얼굴을 훑는 사람

빙산의 문을 열듯 냉장고를 열어보는 사람

무언가를 우둑우둑 세차게 씹는 사람

물을 마시고 소파에 등을 묻는 사람

리모컨을 누르면 쏟아지는 그의 행적

생각마다 억, 억, 억이 득실거리는 사람

하늘을 우러러 한 점 부끄럼 없는 거짓말

털면 털리는 죄

머리끝까지 옷을 덮어쓴 두더지

처음은 없고 상습만 가득한 사람

CCTV에 희미하게 찍힌 허깨비

챙 모자에 충혈을 도사리고 가는 사람

천수천안의 추행을 깊숙이 감춘 채

7080 단골집 맥주 셋 마른안주 하나

그 여자조차 관심 없는 이야기

입만 열면 발설하고 싶은

내가 아닌, 그의 이야기

정처 없는 이 눈길

간수하기 힘든 눈 때문에
힐끔거리는 죄 하나가 늘었다
감으면 자욱한 기억이 몰려오고
뜨면 사방으로 튀는 눈 때문에

며칠 전에는 빤히 쳐다본다고
어린아이에게 지적을 당했다
엄마는 눈을 털듯이 아이를 털면서
조심조심 멀어져 갔다

예쁜 사람을 만나면
쳐다본 죄를 물을까 봐
나는 눈을 멀리 보내놓고
말이 많아진다 그런 식이지
눈 때문에 쇠고랑 찬 뉴스를 떠올리며
안심하라고

사랑과 존경을 잃은
사람은 특히 눈을 조심할 일이다
숨기지 않아도 숨겨지는 눈

눈보다 더 빨리 눈치채고
죄보다 먼저 죄를 알아차리는 눈
후다닥 도망치는 눈

그래, 봤다 봤어, 보는 것도 죄냐
간혹 이런 싸움을 구경할 때는
눈의 이런저런 사정을 감안해야 한다
안 보고도 다 보는 눈이니까

눈 둘 데가 없어 눈을 데리고
북풍한설 몰아치는 눈 쐬러 가자
광활한 지평선을 배회하는
눈 한 마리 잡으러 가자
우우우, 먼 곳을 바라보는
높은 눈 세우러 가자

제4부 흑점

겨울밤

어머니는

샛문을 열고

얼음 팥죽을 내오셨다

빨간 눈

눈 하나가 주춤하며 스친다
우는지 울었는지 반짝인다
눈은 방향도 없이 가고 있다
무슨 일일까,
빨간 눈은 적색편이처럼
사람들 속에 섞이면서 뒤를 남긴다
눈은 함께 있을 때 타오르다가
혼자일 때 문득 젖는다
코끝에 맺히는 충혈,
와르르 쏟아지는 내용물처럼
엎어졌다 일어나는 손바닥의 피처럼
지나가면서 빨간 눈
내 눈에 빨간 눈

왼손으로 쓴 시

이것은 파충(爬蟲)에 관한 이야기다
뻑뻑한 것을 삼키고 풀숲으로 드는
비늘의 수축과 이완에 관한 이야기다
땡볕에 말라 죽은 지렁이의 기록이며
땅바닥에 패대기쳐진 개구리의 떨리는 사지다
나비의 길을 노리는 눈
햇빛 아래 모여드는 파리 떼
처분당한 축생의 울음이다
내장을 파먹는 피어린 얼굴
쫓겨난 맨발들
문살에 흩뿌려지는 평지풍파
먹다 만 아귀찜이 든 비닐봉지
힐끔거리는 목구멍의 유리걸식이고
옆을 스치는 욕 같은 중얼거림이다
구더기가 빠져나온 백골이며
입 밖에서 떠도는 소문이다
우물가에 뚝뚝 떨어지는 꽃의 목이다
깨진 거울에 비친 웃음이고
생각할수록 잊어버리는 기억이다
너를 죽여 내가 무성해지는 이야기

너무 멀리 와버린 자세로
쭈그려 앉은 손바닥이다
불을 쏟으며 달리는 짐승이다
석편에 새겨진 알 수 없는 맹세다
쓰면 사라지고 안 써야 태어나는 문장
죄를 가두고 예언이 번창하듯
언젠가는 이루어질 자세로
벼락의 틈을 잡아채는 눈으로

사월의 꽃들

어서 지자
사월의 꽃들아

눈을 깜박이며 자꾸 잊자

기억 없는 꽃들아
머리를 쥐어뜯는 꽃들아
수치에 떠는 꽃들아

나를 부르지 마라
나는 이제 내 이름을 모른다

뒤돌아보지 마라
어서 지자
꽃들아

백지白紙 위를 달려간 꽃들아

흑점

살구나무에 걸린 구름이 미간을 당기자
매미들이 일제히 목청을 돋우었다

할머니가 마당 아궁이에
보릿단을 타닥타닥 태웠다

밥은 먹고 놀아야지
하나도 배고프지 않아요

밥 광주리를 덮은 삼베 보자기에
걱정 없는 파리들이 까맣게 달라붙었다

흰자위 많은 너의 눈알이
나의 곁눈 속에 자주 들어왔다
머리칼에서 비린내가 났다

뒤뜰의 그늘이 깊어갈수록
네 정수리의 가마가 뚜렷해졌다
곧 태풍이 올 거야
네 이마에도 구름이 얼핏얼핏 지나갔다

눈 밑이 어둑해질 때마다
해를 쳐다보면서 재채기를 했다

이글거리는 빛 속에
찡그린 표정 하나가 들끓고 있었다

암흑

너를 보기 위해 나는 캄캄해진다
검은 흙을 비벼 다지는 방식으로
지문이 지워진 손끝에서 너는 돋아난다
내부를 지탱하던 축이 흔들리고 크나큰 요동이 있자,
길고 짧은 비명을 지르며 너는 뛰쳐나갔다
어떻게 해볼 새도 없이,
눈이 맑아질 때까지 백억 년을 보낸 끝에
반짝이며 멀어지는 너를 보았다
무슨 일이 있었던 밤의 궁리를 다해 어둠을 닦는다
불을 잃은 양초를 바닥에 문질러
칠흑의 거울을 얻었다
캄캄과 깜깜을 온몸에 쟁여 넣고
비탄의 구석구석에 고인다
나는 어떤 구멍이며 물질이며 힘이다
너는 소리와 색과 글자로 나를 부르지만
곧 움푹 꺼질 너의 얼굴이 두려워
눈꺼풀 밖 한 겹 어둠으로 드리워있다
눈을 깜박이는 순간조차 0초의 속도와 옷깃의 전 규모로
잠든 너를 두고 동굴로 가서
물방울의 기둥을 세우고 돌 꽃을 피운다

나감과 들어옴의 발끝에 집중하며
한 시 한 초도 너를 놓지 않는 바닥이다
오직 네가 보이고 들리도록
모든 방향을 궁구하는 태초이다
검은 늑골을 뚫고 뻗어가는 빛 빛 빛
너는 광속으로 여럿과 만나고 여럿과 헤어진다
여기저기 동시다발로 나타나고 사라진다
하얗게 타버린 말들 벌어지고 멀어지는 풍경들
이미 되어버린 표정의 그늘과 배경으로
언제나 네 눈앞에 멀리 가까이 있다
있는 만큼의 없음으로, 그 크나큰 동공으로

말이 많다

좀처럼 과묵한 그는 말이 무거워서
옆에 가면 내가 헛말을 자꾸 퍼내게 된다
말 없는 자는 말 많은 자
말 많은 자는 말 없는 자

말 없는 나무는 말이 넘쳐서 말문을 박차고 나와
금치산의 꽃을 게워낸다
바위도 얼마나 말이 많으면
쿵 소리를 꽉 붙잡고 버티고 있는 거다

저기 젊은 말 한 사람이 걸어온다
테두리에 아름다운 말을 주렁주렁 달고
말은 얼굴과 목덜미와 가슴과 다리에 집합한다
머리카락에 휘날리는 말
치맛자락에 달라붙는 말
입술에 미끄러지는 말 스치는 말 돌아보는 말
흘러넘친 말이 냄새를 피우며 가고 있다

할아버지의 마지막 말은 "니 누고?"였다
할머니는 벽에 얼룩말을 그리고 가셨다

풍 맞은 어머니는 "예? 예 예" 하고는 영 말문을 닫았다
죽기 전 아버지의 말은 "와 이리 안 죽어지노"였다

나는 말 많은 말 없는 자세로 텅텅 비어간다
나는 여태 한마디도 안 한 것으로 나를 우긴다
날이 가무는지 냇물이 말의 발목을 뚝뚝 끊고
얕은 하늘을 쳐다보고 있다

벚나무 집 마당

바람이 집을 비운 사이,
꽃은 방문을 열어
서둘러 한 운명을 받아들인다
비 끝에 돌아온 바람이
꽃의 머리채를 잡고 흔들어댄다
꽃의 소문이 마당에 나둥그라진다
등을 말아 추궁을 견디는 꽃
외면하며 헛구역질하는 꽃
꽃이 뭘 했는지 모르겠는 바람은
그게 분한 것이다 활짝 피어서
밉고도 두려워라 꽃의 묵묵黙黙
다그칠수록 내밀한 언약의
괄약근을 더욱 다무는 꽃
제풀에 지친 바람이
가래침을 길게 뱉으며 대문을 나가자
결심을 끝낸 꽃잎들이
ㅍㄹㄹ ㅍㄹㄹ 떨어진다

물 밑

꿈을 꾼다 빛이 내려오는 무덤의 바깥을 다녀온다
해를 보고자 이따금씩 꼬리를 치며 튀어 오른다
눈부셨던가 파랗게 잠깐 뼈를 지나갔던가
물 밖을 쐬고 오면 감자 맛이 아리다
달의 뒷면이 차오른다

어영차! 한쪽에선 물의 등들이 모여
빙산氷山의 일각一角을 밀어 올리고 있다 물 뿔이다

허리띠를 풀듯 사람들은 이곳에 와서 말을 푼다
옷에 묻은 유리 가루를 툭툭 털고
전선電線이 엉킨 달의 뒷골목 불빛과 빗물이 번지는 양상으로
하루 한 번은 들러야 하는 이곳은 그칠 줄 모른다

이곳의 말은 일렁이는 방식 귓속말은 쉬 파문이 된다
꿈은 죄다 악몽이어서 꿈속에서조차 꿈을 깬다
말을 하자면 백 권도 넘는 사연이 퉁퉁 불어서
말할 수 없는 말로 눈처럼 내린다 쌓인다
물 숨을 쉬고 물 말을 하고 물 귀로 듣는다

재앙 이후의 삶은 기록되지 않고 기억될 뿐
이곳은 먹먹한 소리로 점철되었다
뛰어든 말은 비명을 삼키며 금세 뭉개진다
구름을 비비는 시절과 지붕을 긁어내리는 장맛비 떠다
니는 물 방房
밥알을 씻은 개숫물과 모든 눈물의 총합으로서

이곳은 울렁인다
입속에 물을 물고 이마를 치면 귀가 먼저 울린다
이곳은 물 오라기 하나로 연결된
몸의 내압이 다스리는 그런 세계이다
쓰다듬는 물 손이 붉은 해의 지느러미를 북돋는다

엄마는 간다

광주리에 뙤약볕을 이고
갔고 등 뒤로 밭고랑을 밀며
갔고 베틀에 앉아 삼베를 짜며
갔고 철솥에 김을 펄펄 피우며
갔고 점방 마루에 앉아 꾸벅꾸벅 졸면서
갔다

부지런히, 참 멀리 갔다
어린 우리를 보듬고 찍은
흑백사진 속 엄마도 멀리 갔다

무엇이 그리 급했는지
바람풍으로 캄캄하게 누워
냄새로 우거지다가 무섭게 무섭게
활활 타며 엄마는 갔다

엄마는 가는 사람
내 죄를 다 뒤집어쓰고 가는 사람
가고 난 뒤에 비로소 없는 사람
엄마는, 다 끝나고

식후 30분처럼 쓸쓸한 이름

가파르고 어긋난 내 속도로는
엄마 간 곳에 다다를 수 없어
아무리 생각을 멀리 멀리 달려가도
나의 엄마 최. 춘. 자 씨는
참 안 온다

뿔들의 사회

누가 죽었는지 모른다
희미하게 몰려오는 안개와 먼지
무심은 늘 그런 식이다
그동안에도 뿔은 자라고
뿔은 스스로 예민해진다

뿔이 모인 우리는 혼자다
혼자를 맴도는 불안한 냄새
냄새가 모인 혼자는 우리다

푸푸 숨을 뿜는 소리
누군가를 부르는 느린 소리
평화롭고 유순한 시간이 젖을 불린다

누가 죽었는지 기억이 없다
없는 기억의 무쇠 같은 신념이
무럭무럭 뿔을 키운다
삼킨 먹이만 되새기는 날들

눈앞에서 누가 죽는다 한들

밟고 밟히고 넘어지면서
건너야 하는 마라강*이 있는 한
공포는 수치를 모르고

수치를 모르는 공포가 지나간 양양한 평화

이곳은 무심한 뿔들의 연대
고독해서 혼자가 아니라 살아서 혼자인
그 이기적인 뿔들이 야금거리는 곳
어느 날 누가 사라진다 해도

* 마라강: 콩고와 케냐를 흐르는 강.

아버지의 소꿉

아버지가 평생을 바친 놀이는
처음엔 농사를 팔아 밥을 만드는 놀이
—힘들기는 아이고 힘들어.
할배 할매도 한입 삼촌 고모도 한입
엄마도 우리도 한입

시내로 나온 아버지는 소꿉을 바꾸었다
과자와 사탕과 하드를 팔아 돈을 샀다
우리는 새 새끼들처럼 달게 받아먹었다
—어서어서 커야지.
아버지는 문 유리로 밖을 내다보며 가게 놀이에 몰두했다

—각시가 아파요.
아버지는 틈틈이 병원 놀이를 했다
혈압계와 미음 통과 호스 같은 소꿉들이 늘었다
흩어진 우리는 숨바꼭질에 빠졌다
—얘들아, 엄마가 죽었단다.
우리는 손님이 되어 아버지의 각시를 조문했다

아무도 없는 아버지는 환자 놀이에 몰두했다

—밥도 내가 먹고 잠도 내가 자는 거야.
아버지가 죽었다
안동포 수의에 검은 유건을 쓴 아버지는
제사 놀이에 빠졌는지 영 대답이 없었다

아버지를 불태우고 빈집에 들렀다
—조화造花는 안 시들어서 좋다.
가게 안에는 매화와 학이 앉은 소나무 조화 화분이 다섯 개
과자 몇 봉지와 술 몇 병이 눈을 반짝였다

—담배 한 갑 주세요. 소주도 한 병 주세요.
문을 드르륵 열고 나오면 좋겠다
당신이 그토록 기다리던 귀한 손님들이 왔으니
그릇과 숟가락과 냉장고와 밥통과 판상을 내놓으세요
저 어린 소꿉들을 그만 내놓으세요

산도散道

한 점에서 시작하였다네
흩어져 본 사람은 알지
모이는 것보다 흩어지는 것이 얼마나 쉬운지
만남보다 이별, 이 별은 그렇다네
멀수록 당기는 피 같은 것
나는 먼 쪽으로만 몸을 세우지
시간의 근육은 어디론가 우리를 끌고 가서
혼자 무릎 꿇린다네
어떠한 좋은 일도 나쁘게 하지
울고 웃은 만큼 벌 없는 죄를 내리지
벌은 더 먼 곳에 있고
기다린다 당신은 오지 않고
나는 멀어지고 흩어진 죄로 괴로워하네
한 옴큼 벌레의 길은 뿔뿔이 흩어지는 길
집도集道가 아니라 산도散道,
나는 벌레의 발을 가졌네
한곳으로 모여지지 않네
어서어서 흩어지자 더 멀리 가자
멀리 가서 뒤돌아보자 뒤돌아보며
반짝이는 별이 되자

구월의 구전口傳

발꿈치를 뚫고 물이 쏟아졌다
누군가 의자 위에 쓸모없는 남포등을 올려놓았다
불을 잃은 남포등은 풀을 피웠다
빈 의자는 무릎을 방치했다

햇빛을 감으며 사내가 커피를 볶았다
오래된 표정이 주름을 펼쳤다
몇 년 만이야 그렇고 말고
모든 하루의 영역으로
고양이는 담과 지붕을 주름잡았다
벽화 속 날개는 남루襤褸에 들었다

화분은 지지 않는 꽃을 피웠다
그것은 봄꽃의 모습이었다
흉터를 품은 가죽점퍼가 쇼윈도에 걸렸다
춥기 전에 시골로 갈 거야 그렇고 말고
사내는 커피를 볶고
우리는 찡그리며 구름을 모았다

마른 그늘에서 우물 냄새가 났다

얼굴을 버리고 새로워야 해 그렇고 말고
박힌 물이 발꿈치를 찔렀다
하늘을 말할 때마다
혀에서 맨드라미가 튀어나왔다

우리는 확률을 다하여 웃었고
고삐 풀린 집합처럼 흩어졌다
다음에 봐 다음에 언제 그렇고 말고
목구멍으로 들어간 햇빛이 출렁였다
눈이 부셨고 입이 어두워졌다

물 별 365호

하늘에서 물이 비처럼 내린다는
별이 있다고 들었다
그 별의 대부분은 물로 채워져 있다고 한다
물이라니, 상상도 할 수 없다
물이 닿으면 모두 녹아내리는 여기에서라면
그것을 견뎌낼 방법이 없다
그 별은 융합하는 한 별을 도는데
자전과 공전 주기가 매우 빨라서
자전은 여기 시간으로 1분
공전은 기껏 한 시간 정도라고 한다
가까이서 본다면 느린 팽이 같을 것
대기가 있다고는 하나
있다 해도 치명적인 산소 때문에
어떤 생명체도 살 수 없을 거라고 추정된다
흙이라는 맹독성 물질이 땅의 표층을 감싸고 있어
함부로 밟았다간 순식간에 먼지로 사라진다
짐작이 안 되지만 만일 그 별에도 생명이 존재한다면
그들은 어떤 모습일까 물컹할까 딱딱할까
클까 작을까 눈은 있을까
사랑은 어찌하며 밥은 무얼 먹고 살까

물 별 365호, 거기까지 도달하려면
몇만 광년쯤 걸린다고 하니
여기에서 그 먼 별의 일을 헤아리기란
상상조차 안 된다

형님을 데리고

천지에 나 닮은 이가, 수심에 가득 찬 이가
전철역 출구 앞에 행방 없이 서있다
납작하고 깡마른 얼굴에 툭 튀어나온 입을 위로 꽉 다물고
어쩌면 나 같은 상념에 젖는지
소란의 바깥으로 눈을 보낸 채
아니면 아닌 모양으로 서있다
차들은 지나가고 나는 에이고 외로워져서
남인 듯 명랑하게 그를 부른다
그이는 나를 얼핏 못 알아보다가 아,
어머니의 장자가 나를 알아본다
"근아" 하고 부르던 어린 날의 그이가 내 앞에 있다
—날이 춥심더. 잠바가 얇은 거 같네.
오늘은,
산 밑 당집에서 돼지머리 썰어 먹던 이야기 말고
수박을 들고 어느 절집에 찾아갔던 이야기 말고
고시촌을 떠돌던 정 씨 이야기 말고
낙산 비탈 방에 기거하며 경비 일 하는 사연을 들어보련다
만국기 날리는 전자 가게 앞을 지나
마트 지나 빵집 끼고 오른쪽으로 돌아
형님을 데리고

발 앞에

내 발 앞에는
공중을 잃은 꽃잎이 붐빈다
소리와 냄새가 자욱하다
종아리를 걷어라 내려라
내 발 앞에는
안개에 덮인 가시밭이 있고
구사일생의 유곡이 있고
덜 본 얼굴이 쏟아진다
담을 수 없는 물처럼
주울 수 없는 구슬처럼
환란이 많은 내 발 앞에는
등을 타 넘고 온 발자국이
나 먼저 가서 기다린다
걸음을 다 벗어야
발 앞에 당도할 수 있다

강아지풀 위에 쌓이는 눈

눈 온다
눈 쌓인다
강아지풀 눈 받는다
누비이불을 덮어쓴
길이 맨발로 걸어온다
이름도 정부政府도 없는
한 생각이 흔들린다
잘못되지 않으리
세상에
헛사는 것은 없네
천지간 눈 온다
강아지풀 눈 받는다
독려도 교훈도 없이
전 규모로
전속력으로
눈 온다

눈을 바라보는 별

김진수(문학평론가)

> 나는 운다
> 나 때문에 울고 너 때문에 울고
> 그 때문에 운다
> ―「파안破顔」부분

1.

여기는 기억의 피가 도는 땅

이별의 체온이 상속되는 곳

쉽게 입이 삐뚤어지고 뼈가 뒤틀리는 건

허기를 후비는 바람 때문

눈은 한쪽으로만 기울지

생각하지 마라

왔던 곳으로 돌아가려면

굽은 다리와 꼬부라진 등으로

측백측백측백을 하늘의 별만큼 외워야 한다

> ―「측백나무 그 별」부분

정병근의 시 세계는 어떤 궁극의 한 점으로 수렴되는 압도적인 구심력의 작용에 의해 직조되고 있는 것처럼 보인다. 그 힘의 자장은 너무나 강력해서 시인의 존재와 삶 전체를 견인하고 있다 해도 무방할 정도다. 아니, 오히려 시인의 현실과 현존 자체가 그 힘에 의해 구성되어 있다고 말하는 편이 차라리 옳을지도 모른다. 그리고 그 힘의 작용은 시인의 시 세계에서 사실상 '눈'이나 '보다'와 같은 시각적 표상이나 행위들(이것들은 또한 '알다'와 동의어이다)을 통해 대부분 이루어진다. 그렇기에 이러한 시각적 이미지들의 계열체가 시인의 시 세계를 조직화하는 핵심적인 모티프들이 되는 것 또한 당연한 이치라고 하겠다. 그런데 "함께 있을 때 타오르다가/ 혼자일 때 문득 젖는"(「빨간 눈」), "안 보고도 다 보는"(「정처 없는 이 눈길」) 이 '눈/보다'의 방향이 언제나 앞이 아니라 뒤를 향해, 다시 말해 시간적으로는 과거를 향해 있다는 사실은 각별히 주목할 만한 사실이다. 시의 한 구절은 이러한 사실을 "눈은 한쪽으로만 기울지"라고 적시해 놓았다.

이 구심적 자장의 근원, 그러니까 시인의 현존을 모조리 환원해 들이는 '존재의 블랙홀'이라고나 해야 할 기억의 중심에 자리하고 있는 것은 '고향'과 '옛집'과 '어머니'의 이미지이다. 시인의 시 세계에서 그것들은 동일한 이미지의 변주들에 불과한 것처럼 보인다. 공간적으로는 차례대로 '고향' 속에 '옛집'이, 또 그 '옛집' 속에 '어머니'가 존재하고, 시간적으로는 '어머니'가 부재한 이후에는 '옛집'이, 또 그 '옛집'이 사라진 뒤에는 '고향'이 자리하고 있긴 하지만 말이다. 시인의 시 세계에서 이 동일한 이미지들은 결국, 시인 자신의 비유를 그대로 가져오자면, "눈을 감아도 끝내 나를 바라보는/ 눈"이자 "모든 표정의 전위이면서 배후인/ 어머니 별"(「안점眼點」) 같은 상징적 차원을 획득하고 있다. 그리고 시인의 시적 자아에게는 자신의 존재론적 근원이자 뿌리가 될 이 상징적 차원의 "어머니 별"과 "눈"은 또한 그의 삶과 현존의 모든 극적 드라마를 연출해 내는 '꿈의 공장'이 되기도 한다. 이 공장의 위상은 양면적이다. 그것은 한편으로는 시적 자아의 유토피아적 이상향이 배태되는 자궁이기도 하지만, 동시에 다른 한편으로는 존재의 모든 악몽들이 출현하는 묘혈이기도 하기 때문이다.

그러니, 이제 이렇게 말해도 좋겠다. 정병근의 시 세계에서 '기억'과 '꿈'은, 그리고 더 나아가 과거와 미래는 두 개의 머리를 가진 한 몸을 이루고 있다고 말이다. 행복했던 기억과 허물어진 꿈은, 악몽 같은 기억과 도달해야 할 꿈은 둘이 아니다. 그렇기에, 내가 보기에, 기억과 꿈을 한 몸으로 삼고 있는 시적 자아에게 있어서 '고향/어머니'는 '별'인 동시에 '병'이고, '거울/눈'이긴 하지만 이미 깨어진 거울(破鏡)이다. 시집에 실린 한 시는 "깨지는 것을 파경이라 한다/ 파편마다 눈알이 고여있다/ 버려진 눈 밖에서/ 독한 꽃향내가 난다"(「거울의 냄새」)고 기술하고 있는 터이다. 그러니 깨어진 거울로서의 저 별이 상징하는 것은 삶과 죽음, 불변과 이변, 고귀함과 비천함, 다정과 무정, 풍요와 빈곤이 동거하는, 일종의 '모순어법'으로 존재하는 어떤 것이겠다. 그러나 이 모순들이야말로 저 자아의 현실과 현존을 지배하는 변증법을 구성한다. 보다 정확히 말하자면, 시인의 시적 자아는 하나의 육체를 갖는 두 개의 영혼 '사이'를 왕복하고 있다고 할 수 있다. "마른 그늘에서 우물 냄새가 났다"(「구월의 구전口傳」)거나 "나는 벌레의 발을 가졌네/ 한곳으로 모여지지 않네"(「산도散道」)라고 노래하는 자아야말로 그런 두 개의 영혼을 가진 존재일 수밖에 없을 것이다. 그리하여 "나는 두 개의 문을 통과하여/ 셋 이상의 너를 만나고 백 개의 문밖으로 상실"(「북쪽보다 더 북쪽이고 남쪽보다 더 남쪽인」)된다.

> 어제는 나를 만났다
> 평화롭고 온화한 얼굴이었다
> 어떤 생각 끝에 담배를 꺼내 무는데
> 어디에서 왔는지
> 동그랗게 손을 모아 불을 붙여 주었다
> 좀 어떠냐고 물었고
> 견딜 만하다고 대답하였다
> 이대로, 라고 눈을 밀었고
> 아마도, 라고 고개를 끄덕였다
> 손을 잡고 다정한 속도에 몸을 실었다
> ─「나를 만났다」 부분

정병근의 시 세계에서 저 '사이'가 만들어내는 두 영혼의 각기 다른 정조는 외로움과 쓸쓸함이다. 그리고 그것들의 공통된 존재의 외적 표현이, 제사題詞의 시가 표현하고 있 듯이, '울음'인 것 같다. 여기에 있을 때 한 영혼은 외롭고, 저기에 있을 때 다른 한 영혼은 쓸쓸하다. 그 정조들은 "그 가 없는 그의 책상"(「그의 책상」)처럼 하나의 육체에 깃들긴 했 지만 둘로 분리된 영혼의 방황을 상징하는 마음의 풍경 같 은 것일 테다. 그러나 '사이'는 또한 모든 '관계'가 비롯되는 지점이기도 하다. "관계의 궁극을 통찰"(「생활주의자」)하고자 하는 시인의 인식론적 태도는 그의 시 세계 전체를 관통하 고 있는 욕망처럼 보인다. 그러나 둘로 분리된 영혼에게 있 어서 모든 관계는 그저 위태로울 뿐이다. 그 영혼에게 있어 서 존재란 "고독해서 혼자가 아니라 살아서 혼자"(「뿔들의 사 회」)이기 때문이다. 그렇기에 모든 관계는 "자주 미끄러지고 어긋난다"(「눈에 띈 슬픔」). 시인은 이제 그러한 관계가 "아주 어긋나서 너를 오래 잃고/ 뒤늦게 안 보여서 운다"(같은 시)고 도 노래한다. 존재는 무심하고, 삶은 무상하며, 세상은 무 정하다. 그럼에도 불구하고 모든 상황이나 사태는 또한 "돌 이킬 수 없"는 것이고, "돌이킬 수 없어 나빠진 것"(「당신을 보는 법」)이다. 돌이킬 수 없는 것은, 어쨌든, 돌이킬 수 없 는 법이다. 그러니, 다음과 같이 "턱 밑이 무릎"인 삶도 또 한 삶이어야만 한다.

세운 무릎 바짝 껴안고 있다
무릎 위에 머리만 달랑 얹혔다

턱 밑이 무릎이다
무릎이 등을 바짝 업고 있다
전차가 끌고 온 바람이
할머니를 팔랑팔랑 넘긴다
더덕 냄새가
지하도 멀리까지 퍼진다

—「더덕」 전문

2.

『눈과 도끼』는 시인의 네 번째 시집으로, 이전 시집이 나온 지 근 10여 년 만에 상자된 것이다. 『오래전에 죽은 적이 있다』(천년의시작, 2002), 『번개를 치다』(문학과지성사, 2005), 『태양의 족보』(세계사, 2010)가 그간의 이력들이다. 그 이력들이 보여 주는 바에 의하면, '고향'('옛집'이나 '어머니'와는 동의어라는 사실을 앞서 말했다)은 시인의 시적 자아가 배태된 자궁이라고 할 수 있다. 사실상 이번 시집에서도 그 이미지는 대개 긴 휘장처럼 드리워져 어두운 배경을 이루고 있다. 그것이 어두운 배경으로 머물 수밖에 없는 이유는 이미 사라져버려 이 지상에 존재하지 않기 때문이다. 그것은 이제 오로지 시적 자아의 기억에 의해서만 (재)구성될 수 있을 뿐이다. 그런 의미에서도 시인의 시 세계는 온전히 서정시의 영역에 거주하고 있는 셈이다. 서정시란 무엇보다도 먼저

'기억의 시학'이기 때문이다. 풍화된 세월/시간의 흔적과 외롭고 쓸쓸한(모든 사라진 것들의 흔적이 갖는 아우라가 그것 아니겠는가?) 기억으로 축성된 저 자아의 서정 속에서 독자가 우선 만나는 것은 "흩어진 가족과 옛집의 내력"(「나를 만났다」)이다. 그리고 이 가족과 내력의 중심에는 다음과 같이 가난하고 병든 어머니의 이미지가 또렷하게 부각되고 있다.

광주리에 뙤약볕을 이고
갔고 등 뒤로 밭고랑을 밀며
갔고 베틀에 앉아 삼베를 짜며
갔고 철솥에 김을 펄펄 피우며
갔고 점방 마루에 앉아 꾸벅꾸벅 졸면서
갔다

부지런히, 참 멀리 갔다
어린 우리를 보듬고 찍은
흑백사진 속 엄마도 멀리 갔다

무엇이 그리 급했는지
바람풍으로 캄캄하게 누워
냄새로 우거지다가 무섭게 무섭게
활활 타며 엄마는 갔다

　　　　　　　　　　　　　—「엄마는 간다」부분

"어린 우리"에게는 세상과 삶의 전부였을 그 어머니가 병들어 마침내는 "활활 타며" 세상을 버리고 떠난 저 사건을 시인은 "무섭게 무섭게"라는 중첩된 어사 속에 응축시켜 놓았다. 아무래도 한 번으로는 어림도 없었을 것이다. 그리고 이 어사가 환기하는 정조야말로 이후 시인이 사는 세상과 삶에 대한 이미지로 오롯이 각인된 것 같다. 다른 한 시에는 이 병든 어머니를 보살피다가 결국에는 자신마저 "안동포 수의에 검은 유건을 쓴 아버지"(「아버지의 소꿉」)의 이미지까지 덧붙여져 있어 이 가족사의 내력을 짐작하기란 그리 어렵지 않다. 시인은 또 다른 시에서 "고향에 가면/ 피에 겨운 어린 내가 있고/ 고향에 갔다 오면/ 나는 백 년 늙는다네"(「서울이라는 발굽」)라고도 노래했던 터이다. 아마도 그 고향 집 마당 한구석에는 유난히 "피가 많은 칸나"(「칸나」) 역시 피어 있었던 것 같다. 그렇기에 과거는 멀면 멀수록, 시인에게는 저 '피'의 이미지처럼 더욱더 선명하게 떠오르는 것 같다. "이것은 파충(爬蟲)에 관한 이야기다"로 시작되는 「왼손으로 쓴 시」에서 시인은 자신의 시적 작업을 "우물가에 뚝뚝 떨어지는 꽃의 목"이나 "불을 쏟으며 달리는 짐승"과 같은 강렬한 은유적 이미지들로써 수식해 놓았다. 『눈과 도끼』에 '피'의 이미지가 자주 출몰하는 것은 그러므로 우연이 아니다. 반면, 미래는 가까우면 가까울수록 더 불투명해지는 것처럼 보인다. 시인은 "내 발 앞에는/ 안개에 덮인 가시밭이 있고/ 구사일생의 유곡이 있"(「발 앞에」)다고 이 같은 상황을 단적으로 표현하고 있다.

이제 시인의 현실과 현존은, 이 안 보이는 것들의 투명과 보이는 것들의 불투명 사이에서 위태롭게 흔들린다. 『눈과 도끼』에서 저 위태로움의 뿌리는 또한 양면적이다. 한편에는 삶의 지리멸렬과 무상이 있고, 또 다른 한편에는 그것들의 근거에 대한 나의 무지가 자리한다. 시인은 "그 먼 길을,/ 모르기 위해 나는 여기까지 왔다/ 내게서 떠나간 모든 이별과/ 다가갈수록 멀어지는 몸을" "나는 까마득하게 모른다"(「모른다」)고 노래하고 있는 터이다. 그러니, 삶의 무상과 나의 무지가 바로 저 위태로움의 근원인 셈이다. 그렇기에 시인의 시적 자아는, 과거의 투명이든 미래의 불투명이든, 그 어느 쪽으로든 가야만 한다. 그렇지 않고서는 이 현실과 현존의 시간을 견딜 수 있는 방법은 없는 것처럼 보인다.

나의 까마귀는 검은 비닐봉지

보도 위를 굴러가는 검은 비닐봉지

쥐똥나무 울타리 밑에 검은 비닐봉지

나뭇가지에 나부끼는 깃발

속을 잃고 떠도는 한 줌의 어둠

생각은 무슨 생각 말은 무슨 말

너는 작은 바람에도 살랑인다

어디로든 가야 한다

—「까마귀」 부분

시집에 실린 거의 모든 시들이 보여 주는 바와 같이, 시인의 능기는 무엇보다도 일상의 삶과 존재에 대한 세밀한 통찰에 있다. 그 통찰에서 얻은 지혜의 내용은, 그러나 역설적이게도, 삶의 무의미와 나의 무지에 대한 각성일 뿐이다. 하기야 무지에 대한 각성의 촉구야말로 인류 최고의 스승들이 힘주어 강조해 온 지혜에 이르는 첩경이긴 하다. 일상은, 또한 나는 바람에 날려 가는 "비밀봉지" 같은 것일 뿐이다. 그러나 정작 중요한 문제는 나는 무엇이 그것을 그렇게 날려 가게 하는지 모른다는 사실에 있다. "바람에 날려 가던 비닐봉지의 안부를/ 나는 하나도 모른다"(「모른다」). 또다른 시는 "눈이여, 무섭고 쓸쓸한 안점이여/ 바라보면 충혈이 오는/ 유정한 혹성에 당신과 내가 있다"(「안점」)고 노래했다. 바라보면 충혈이 오는 눈은, 그리고 모르면 좋았을 것을 알게 하는 지혜는 잔인하다. "공포는 수치를 모르고// 수치를 모르는 공포가 지나간 양양한 평화"(「뿔들의 사회」)는 삶과 존재의 무정과 무심을 웅변할 뿐이다.

모르는 마음으로 생각하노니,
내가 아는 것들
내 눈에 오래 머문 것들은
모두 불타서 폐허가 되었다
그것은 나로부터 그리된 것

알지 말자, 모름의 하염없는 동지들
모르는 것들의 모르는 힘이 나를 퍼 올린다

나는 모르는 것들에 실려서

동쪽처럼 나아가고 서쪽처럼 돌아온다

모르는 것들이 사방팔방으로 나를 돋운다

—「모르는 힘」 부분

또 다른 문제는, "알지 말자"거나 "눈을 깜박이며 자꾸 잊자"(「사월의 꽃들」)는 그 각오가 지켜지지 않는다는 사실이다. 그 이유는 아마도 삶이 가져다주는 세월과 중력의 무게 때문일지도 모르겠다. 그것들은 어쨌든 "모르는 마음"과 "모르는 힘"을 그냥 내버려 두지 않고 무엇인가를 알게 하는 것 같다. 그러니, "알지 말자"는 각오는, 시인의 의지대로 지켜질 수 있는 것이 아니다. 그것은 지킬 수 없는 약속 같은 것이다. "당신은 그렇습니다, 돌이킬 수 없습니다/ 불후입니다"(「당신을 보는 법」). 그러므로 『눈과 도끼』의 세계는 또한 지키려는 의지와 지켜질 수 없는 사실의 긴장과 갈등의 영역에 자리하고 있다고 해야 한다. 시인이 "돌아보는 내 죄가 환합니다"(「당신을 보는 법」)라고 고백할 때, 거기에는 이러한 긴장과 갈등이 게재되어 있다. 중요한 것은, 저 어머니와 가난이 과거의 기억 속에만 존재하고 있는 풍경들이 아니라는 사실에서, 시인의 시 세계는 "생활주의자"(「생활주의자」)의 면모를 추구하고자 한다는 점이다. 하지만 이 생활주의자의 생활에는 사실 생활이라고 할 만한 형편이 거의 들어서 있는 것 같지는 않다.

죽은 선배를 문상하고 왔다

그이는 다정한 사람이었다

생각건대, 먼저 죽은 사람들은

모두 다정하다는 것

던적스럽게 굴지 않고

꾸역꾸역 살지 않았다는 것

살아서 어질던 그들은 맥없이 갔다

나무처럼 덤덤하고

풀꽃처럼 소박한 삶이었다

살면 사는 대로

죽으면 죽는 대로

다정은 가난과 함께했다

　　　　　　　　　　　—「다정한 죽음」부분

『눈과 도끼』에 실린 시들은 대개 물 흐르듯이 유연해
서, 또한 그만큼 평이하게 잘 읽힌다고 할 수 있다. 군
이 언어를 조탁하고자 과잉된 힘의 낭비를 허용하지도 않
고, 또한 어설픈 인식이나 통찰을 드러내고자 턱없이 무
겁거나 관념적인 말도 사용하지 않는다. 위 시의 표현을
빌려 말하자면, 정병근의 시 세계는 "나무처럼 덤덤하고/
풀꽃처럼 소박한" 노래로 이루어져 있다. 또한 그 노래는
"던적스럽게 굴지 않고/ 꾸역꾸역 살지 않았다는 것"을 더

하거나 뺄 것 없이 그대로 보여 주는 것 같다. 바로 그 점이 시인의 시 세계에 대한 취미가 갈라지는 지점이라는 것도 사실일 것이다. 보다 직설적으로 말하자면, 시인의 시 세계가 보여 주는 단순 소박의 시학과 작품의 소재나 배경적 측면이 되고 있는 고향이나 어머니, 혹은 가난한 가족사에 대한 오랜 경도는 그의 시 세계에 대한 평가를 가름하는 기준선이 되고 있는 것처럼 보인다.

그러나 문제가 그렇게 단순한 것은 물론 아니다. 사실상 "살면 사는 대로/ 죽으면 죽는 대로/ 다정은 가난과 함께했다"고 감히 노래할 수 있는 마음의 풍경과 경지는 결코 소박하거나 평범한 것으로 치부될 수 있는 것이 아니기 때문이다. 시인이 스스로를 "생활주의자"(「생활주의자」)로 표방하고자 하는 그 모토는, 역설적으로, 그의 올곧지만 빈한한 삶을 증거하고 있는 것으로 보인다. 곡진한 현실과 넉넉하고자 하는 마음이 길항하는 자리가 바로 시인의 시적 화두가 시작되는 지점일 터이다. 그렇기에 시인의 시 세계가 갖는 단순 소박의 시학은, 마치 태풍의 눈 같은, 고요함과 격렬함의 중용이라고 나는 생각하는 편이다. 이 같은 시적 태도와 미학이 언어관이라고 해야 할 것에까지 영향을 미치지 않았다면 그건 이상한 일이겠다.

접는 의자를 물속에 펼쳐놓고
노인이 앉아서 발을
담근다는 것을 담그고 있다

흐르는 것을 흐르는 물

아이들이 물장난을 치며

논다는 것을 논다

―「계곡이라는 계곡」 부분

시제로 사용된 "계곡이라는 계곡"을 포함해 "담근다는 것을 담그고 있다"거나 "흐르는 것을 흐르는 물" "논다는 것을 논다"라는 말장난 같은 구절들이 유독 눈에 띌 것이다. 시인의 언어에 대한 관점 혹은 태도를 가장 분명하게 보여 주고 있는 것으로 내게는 보인다. '계곡'을 '계곡'이라고 이름하는 것은 그렇게 부르기로 한 공동체의 약속 때문이다. 그리고 그 약속은, 우리가 이미 잘 알고 있듯이, 자의적이라는 사실도 널리 알려져 있다. 달리 말해서, 계곡을 계곡으로 부르는 데는 어떠한 인과적이거나 논리적인 필연성도 없다는 뜻이다. 그렇다면, 언어라는 것과 언어적 인식이라는 것은 모두 허망한 것이라고 말해야 한다. "말 없는 자는 말 많은 자/ 말 많은 자는 말 없는 자"(「말이 많다」)라거나 "내가 아는 것들/ 내 눈에 오래 머문 것들은/ 모두 불타서 폐허가 되었다/ 그것은 나로부터 그리된 것"(「모르는 힘」)이라는 역설적인 인식은 모두 그러한 태도로부터 나온 것일 테다. 그렇기에 시인은 "보내기 전에/ 말은 아름다웠다// 부르지 않아도 너는 너였고/ 말하지 않아도 나는 나였다"(「보내지 않은 말」)고 노래했던 것이리라.

삶의 무의미와 자아의 무지에 대한 각성 속에는 또한 그러한 언어의 허망함에 대한 통찰도 자리할 것임에 틀림없지만, 그럼에도 불구하고 이 언어가 없이는, 이 무망한 생활이 없이는 어떠한 존재도, 세계도 자리할 수 없을 것이다. 허망하지만, 그 허망을 통과하지 않고서는 나도, 삶도, 시도 없는 것이다. 시인은 어쩌면 그 허망을 사는 것이 삶이라고 말하고 싶었을지도 모르겠다. 그러나 "내가, 내가 아니고/ 사는 게 사는 게 아니다가/ 내 이럴 줄 알았다 죽어갈 것이다"(『보험은 말씀처럼』)라는 사실을 모른 채 사는 것과, 삶은 허망하고 나는 무지하다는 사실을 성찰하면서 사는 태도는 전혀 다르리라. 그 태도는 최소한 맹목과 무지로부터 초래되는 사태들을 경계하고자 할 것이고, 또 저 허망한 삶 앞에 겸손하고자 할 것이다. 올곧은 선비의 태도를 견지하고 있는 시인의 시적 정신과 태도는 아마도 이 같은 각성으로부터 초래된 것일 테다. 생활과 시를 일치시키려는 이 "생활주의자"의 정신이 소중한 것은, 허망한 삶을 허망한 시로는 만들지 않을 것이기 때문이다. 비록 시의 언어가 허망한 것일지라도, 그 언어가 없다면 삶은 그저 허망한 풍화의 흔적에 지나지 않을 것이다. 그래서 시인은 "해서 미치고// 안 해서 미친다// 밤낮으로 미친다"(『말』)고, 이 같은 언어의 양가성 '사이'에서 분투하고 있는 것이다. 그리고 이 같은 시적 태도가 어쩌면 삶과 존재의 사건들에 대한 새로운 '눈'을 만들어낼지도 모르는 일이다. 모든 것은 "담을 수 없는 물처럼/ 주울 수 없는 구슬처럼"(『발 앞에』) 흘러갈 뿐이다. 아래의 시가 노래하고 있듯이, 우리가 할 수 있는 일이

란 그저 그것들을 "가로질러" 가는 것뿐이리라. 그러한 인식의 전환은, 마치 햇빛을 가로질러 가는 저 나비의 "우화羽化"에 맞먹는 하나의 존재론적 사건이 되어야 한다. "최후의 일인처럼 비장하게/ 우리는 가긴 가야 한다"(「간다」). 그러기 위해서는 또한 먼저 헤어져야만 할 것이다.

> 헤어져야 노래는 아름답다
>
> 간 끝에 돌아오는 길이 굽고 멀다
>
> 꽃이 예쁘면 마음이 서럽다
>
> 갈 수 없고, 안 보이는 얼굴이 그립다
>
> 아무것도 안 하는 햇빛을
>
> 나비는 가로질러 간다
>
> ─「우화羽化」부분

제 아무리 "생활주의자"의 면모를 구한다 할지라도, 시인의 작업은 역시 꿈꾸는 일이다. 이제 그는 자주 "꿈을 꾼다 빛이 내려오는 무덤의 바깥을 다녀온다"(「물 밑」). 시인은 "거기까지 도달하려면/ 몇만 광년쯤 걸린다"(「물 별 365호」)는 어느 우주 속에 있는지도 모를 "별"이나 "달의 뒷면"(「물 밑」)의 안부를 궁금해하기도 하고, "어서어서 흩어지자 더 멀리 가자/ 멀리 가서 뒤돌아보자 뒤돌아보며/ 반짝이는 별이 되자"(「산도散道」)고도 노래하고 있다. 이 같은 "반짝이는 별"의 이미지는 곡진한 삶의 허망을 넘어 방황하고 있는 영혼이 마침내 도달하고자 하는 하나의 이상향이자 유토피아의 상징일 것이다. 하지만 이 유토피아의 꿈 또한 부질없는 헛것에 지나지 않음을 시인은 또한 '알고 있다'. "여기에서 그 먼 별의 일을 헤아리기란/ 상상조차 안 된다"(「물 별 365호」)고 시인은 고백한다. 그렇다면 이제 남아있는 길은, "쳇바퀴와 헛바퀴로 겹겹이 에워싼/ 굴레의 둘레"(「바퀴」)를 벗어날 수 있는 방도는 무엇일까?

지금 여기를 유토피아로 만드는 일, 그것만이 유일한 방도가 아닐까? 시인은 아마도 그렇게 생각했던 것 같다. 「인도에 안 가기」라는 역설적인 시가 바로 그러한 점을 시사하고 있다고 나는 생각한다. 시인은 거기에서 "인도에 안 가는 동안/ 인도는 수시로 나를 다녀갔다/ 인도에 안 가는 그 긴 세월 동안/ 나는 오른손으로 밥을 버무려 먹고 왼손으로 밑을 닦았다/ 내 속엔 인도가 너무 많아"라고 노래한다. 생활과 탈속이 혼재하는 곳. 굳이 인도에 안 가도 이미 이곳이 인도라는 사실을 그는 이미 깨닫고 있는 것이다. 아니, 그는 자신이 살고 있는 그 자리를 이미 인도로 만드는 어떤 존재론적 사건을 맞았던 것임에 분명하다. 그렇기에 시인은 이미 인도를 살고 있다. 굳이 따로 인도에 갈 이유가 없는 것이다. 다음과 같은 절창의 노래가 출현하는 것도 그러한 마음의 자리에서나 가능한 것이리라. 그 자리는 박용래의 「강아지풀」과 김수영의 「풀」이 자라고 있는 곳인데, 시인은 이제 겨우, 가까스로, 마침내 그곳에 당도한 것 같다.

눈 온다

눈 쌓인다

강아지풀 눈 받는다

누비이불을 덮어쓴

길이 맨발로 걸어온다

이름도 정부政府도 없는

한 생각이 흔들린다

잘못되지 않으리

세상에

헛사는 것은 없네

천지간 눈 온다

강아지풀 눈 받는다

—「강아지풀 위에 쌓이는 눈」 전문